MATO CHEIO

Carcaça de Poéticas Negras

MATO CHEIO

Cobogó

SUMÁRIO

A absurda fuga do corpo negro, por Jhonny Salaberg   7

MATO CHEIO   15

Sobre aqueles búfalos em uma fuga degenerada,
por Ivy Souza   73

A absurda fuga do corpo negro

Mato (de mata), em nosso vocabulário popular, refere-se a um terreno inculto onde crescem plantas agrestes. Mas averiguando a historicidade da palavra, descobrimos que "mato" e "mata" vêm da ação de matar, tirar a vida de alguém ou algo, exterminar a existência do outro, de um ser vivo; ação de sair para os grandes campos para caçar e/ou lutar. Como, por exemplo, os famosos capitães do mato que perseguiam os escravizados que fugiam das senzalas no Brasil. Já a palavra *cheio* contém tudo aquilo que é capaz, completo, repleto; algo em grande quantidade ou carregado. Se juntarmos as duas palavras teremos uma frase com duplo significado. No nosso contexto, o mato está cheio de pessoas escravizadas e fugitivas que lutam pela sobrevivência. A fuga de pessoas que foram tiradas de suas terras para servir de mão de obra em países desconhecidos, cuja construção se deu em cima de um pensamento escravocrata e segregador para o desenvolvimento do capitalismo; e assim ocorreu no Brasil, com o comércio do açúcar e do ouro no Nordeste e em Minas Gerais.

Mato cheio surgiu da inquietude de quatro artistas jovens negros e periféricos em exacerbar o grito preso na garganta e construir uma narrativa que perpassasse os corpos em cena e expressasse, de forma honesta e objetiva, a urgência de um corpo negro em fuga. O processo de escrita foi um grande desafio no que diz respeito à historicidade dos mitos clandestinos e a experiência contemporânea que reproduz fielmente toda a parafernália nebulosa, mas que hoje caminha por outras linhas e em outras ideias, embora não menos violenta – a sutileza é um instrumento da opressão. Foi difícil construir uma narrativa que desse conta de trançar tantos fios e, ao mesmo tempo, apresentar a pesquisa cênica do grupo. Foi preciso instrumentalizar os pensamentos e abrir o campo de visão para deixar que a vida apresentasse o fio condutor da dramaturgia e as diversas possibilidades cênicas para se construir a obra, a qual se apresentou como um pavão que exibe sua cauda à luz do sol para que todos vejam a sua astúcia.

A dramaturgia é baseada no mito popular sobre a fuga de escravizados no começo do século XIX que fugiam de seus "donos", passando pela Casa do Sítio da Ressaca – construção bandeirista de 1719, no bairro Jabaquara, zona sul de São Paulo, que mais tarde virou quilombo de passagem – e seguindo pelas linhas férreas em direção aos quilombos da cidade de Santos, litoral sul de São Paulo. Do sul ao sul, os escravizados desciam a serra na esperança de chegar ao mar e voltar para suas casas no continente africano, seja no barco de saudade, seja numa canoa de sonhos. O mito que permanece na boca dos mais velhos da região ressoa com um ar de dúvida e de fantasia em imaginar a fuga de pessoas pelo mato, como se a busca pela liberdade fosse um acontecimento apoteótico que deixasse o narrador da quase fábula regional com um déficit de conhecimento e um apagamento perverso de sua própria história e ancestralidade.

São poucos os moradores do Jabaquara que conhecem o mito, a maioria não sabe o que é a Casa da Ressaca, que hoje é tombada como patrimônio cultural da cidade. Mesmo aqueles que sabem do mito e da importância de sua história não imaginam que os fugitivos são vossos tataravós e parte de sua corrente sanguínea.

No texto, três escravizados fazem o mesmo trajeto feito pelas personas reais há dois séculos. São eles: Gasta-Botas, Salgada e Ninguém de Oliveira Neta, os quais beiram a tridimensionalidade poética de uma mesma personagem vista de diferentes perspectivas. Eles anseiam em chegar ao mar, com todos os seus conflitos e sonhos, mapeando os caminhos e as estratégias para não serem pegos pelos capitães do mato e voltarem aos campos de concentração em versão brasileira. Há, como pano de fundo, um estudo sobre a obra *Esperando Godot*, de Samuel Beckett, que permite uma aproximação intimista entre as personagens e o público, compartilhando tensão e curiosidade sobre a fuga e seus desdobramentos. Em *Esperando Godot*, Vladimir e Estragon compartilham suas experiências num tempo de maquinaria, onde os objetivos e as ideias mudam a todo momento e a sensação de tempo parado potencializa a ação principal do texto: esperar. Mas em *Mato cheio* a espera é usada como instrumento de defesa e condição de fuga, as personagens esperam a madrugada para fugir e defender aquilo que mais perderam: a dignidade. O medo está para Gasta-Botas, Salgada e Ninguém como o tédio está para Vladimir e Estragon, gerando um longo e potente diálogo que sobrepõe a camada documental e cria esferas absurdas, de uma perspectiva social, sob a realidade e costumes das personagens. Há também camadas individuais, pontos-âncoras nos quais as personagens revelam seus anseios e suas dores em estado de fuga, esculpindo o pensamento sobre cada uma delas e a junção das três em uma só. É aqui que se chega ao nó da dramaturgia!

A universalização do corpo negro em fuga, seja no século XIX, em 2000 ou 2019, mostra que nada mudou e que a marginalização projetada é a arma do capitalismo, que convence esses corpos negros a lutar por algo que já lhes pertence, numa constante espetacularização pelo direito à vida. O que antes era uma fuga pela sobrevivência, hoje é a resistência pelo anseio de se continuar vivo. Nada mudou, apenas se solidificou. Os capitães do mato se contemporaneizaram com armas, colete a prova de balas e viaturas histéricas que margeiam as periferias do país deitando a vida de corpos negros sem nenhum consentimento. O genocídio do povo preto é a prova de que a busca pela paz é uma página rasgada de um livro verde e amarelo, marcado a sangue e escrito a duras penas pelas mãos brancas e monoteístas de um tempo que não se sabe ao certo quando começou.

O texto faz parte de uma pesquisa da Carcaça de Poéticas Negras sobre a fuga do corpo negro e suas diásporas contemporâneas. Esta é a primeira montagem de um conjunto de pesquisa de três obras intitulado *Trilogia da fuga*. *Buraquinhos ou O vento é inimigo do picumã* é o segundo espetáculo do coletivo, ainda que o texto tenha sido escrito antes de *Mato cheio*. Em *Buraquinhos ou O vento é inimigo do picumã*, um menino negro – morador de Guaianases, zona leste de São Paulo – vai à padaria no primeiro dia do ano e leva um "enquadro" de um policial. A partir daí ele começa a correr e não para mais, o que o leva a uma maratona pelo mundo, passando por países da América Latina e da África. Durante a trajetória, ele é atingido por 111 tiros de arma de fogo do policial que o persegue, uma clara referência à chacina dos cinco meninos de Costa Barros (RJ), em 2015, e ao número de mortos no Massacre do Carandiru, em 1992. O texto, assim como *Mato cheio*, é uma denúncia do genocídio em massa da população jovem, negra e periférica com fortes tintas de realismo fantástico. *Buraquinhos...* é a continuação e o segundo movimento da pesquisa da trilogia: narrar o caos por meio da utopia.

Uma das camadas mais importantes de *Mato cheio* e que não poderia ficar de fora desta introdução é a personagem Picita. Mulher negra, periférica e idosa, que convive com seus desejos e anseios numa viagem ancestral em busca de respostas e apelos a missões de vida. Picita existe em carne e sangue, chama-se Dirce e mora em Cidade Ademar, extremo sul de São Paulo. Ela é quem costura todo o fio condutor da dramaturgia e revela o destino da tríplice personagem em fuga constante, num jogo entre narrativa e poesia que permite um estado quase que fantástico de apropriação da palavra e da própria existência. Ela estabelece ainda conexão com a personagem Fogo, que se comunica pelas chamas e pelo estado vulcânico para materializar os acontecimentos da história. Arrisco dizer que Picita cumpre um papel dramatúrgico e social que reverbera um alerta à subjetividade e às sequelas que a escravidão, com todos os seus desdobramentos, provoca num corpo negro. Ela poderia ser o desejo de espera em *Esperando Godot*, de uma perspectiva milenar e divina sobre a origem e o destino das pessoas e das coisas. Ela diz ser o navio negreiro. Ela diz ser a dona da terra. Ela diz que foi a Marte quatro vezes e a cor do planeta é a cor de pensamento.

Mato cheio é uma tentativa, e espero que válida, de denúncia do genocídio do povo preto massacrado pelo etnocentrismo do branco, numa linha extremamente poética e talvez absurda, mesmo que para isso eu tenha bebido de experiências reais que pareçam ou que são, de fato, absurdas. É uma resposta ao silenciamento das diversas potencialidades que temos em nossos corpos e a transmutação, ainda que figurativa, de estados de poder. Um alerta ao amanhã, ao hoje, ao empoderamento do pensamento crítico. Um alerta para o recado de Picita, que, num estado de ternura e amor à própria existência, diz: no dia em que existir um papa negro, será o fim dos tempos.

Jhonny Salaberg[*]

---

[*] Jhonny Salaberg é ator, dramaturgo e bailarino, formado pela Escola Livre de Teatro de Santo André. Membro e fundador da Carcaça de Poéticas Negras e do coletivo O Bonde. Indicado ao APCA de Melhor Dramaturgia pelo texto *Buraquinhos ou O vento é inimigo do picumã*, que lhe rendeu várias indicações para importantes prêmios de teatro da cidade de São Paulo.

MATO CHEIO

de **Carcaça de Poéticas Negras**

O espetáculo *Mato cheio* estreou em 7 de fevereiro de 2019, às 19h, no Centro de Culturas Negras do Jabaquara, em São Paulo.

Direção geral
Ivy Souza

Dramaturgia geral e direção de movimento
Jhonny Salaberg

Dramaturgia documental
Isamara Castilho, Patrick Carvalho e Priscila Guedes

Elenco
Anderson Sales, Isamara Castilho, Patrick Carvalho e Priscila Guedes

Preparação corporal
Ana Beatriz Almeida

Preparação do corpo cênico
Mirella Façanha e William Simplício

Provocadores de processo
Diogo Granato, Lenna Bahule, Patricia Gifford e Salloma Salomão

Cenografia e Figurino
Eliseu Weide

Criação de luz
Dida Genofre

Operação de luz
Dida Genofre e Vanessa Lemes

Trilha sonora
Anderson Sales e Jess Montenegro

Operação de som
Jess Montenegro

Participação sonora
Dani Nega

Criação audiovisual
Tide Gugliano

Artista gráfico
Murilo Thaveira

Produção geral
Jennifer Souza

Assistência de produção
Lucas Neves e Priscila Guedes

Realização
Carcaça de Poéticas Negras

Primeira etapa de processo
Afonso Costa (criação de luz)
Francisco Renner (operação de luz)
Vinicius Foscaches (figurino)
Noelia Nájera (registros de foto e vídeo)

"Se é que existe reencarnação,
eu quero voltar sempre preta."

Carolina Maria de Jesus (1960)

PRÓLOGO

Boa noite! Sejam todos e todas muito bem-vindos e bem-vindas. Aqui, agora, neste instante, daremos início ao que chamamos de teatro. Se acomodem nas cadeiras, abram a escuta e o coração, brilhem os olhos e os sonhos. Neste espaço, vamos contar a história de muitos que já se foram e muitos que continuam por aqui.

Contaremos a história de corpos roubados, negociados, presos e torturados. Corpos que se diferem dos outros pela pigmentação acentuada em relação à clareza dos fatos e da história.

Sim, porque se a história fosse incolor, ela seria, no mínimo, humana. Mas a história que conhecemos arde nos olhos e é sempre contada pelo vencedor da batalha, por aquele que ergue a espada e estende o poder no chão de deitados.

Falaremos, aqui, sobre nós, sobre você [*para alguém negrx na plateia*], sobre você [*para alguém negrx na plateia*], sobre você [*alguém negrx na plateia*]. Falaremos aqui sobre nós... nós... pra você [*para alguém brancx na plateia*], pra você [*para alguém brancx na plateia*], pra você [*para alguém brancx na plateia*].

Mas, para isso, contaremos essa história por meio de Picita. Uma mulher negra, idosa, periférica que irá morrer esquecida. Esta mesma mulher, com seus olhos de águia, que vê o mundo todo acontecer, vai narrar a história sobre a liberdade.

Essa mesma mulher, moradora de Cidade Ademar, extremo sul de São Paulo, que vive numa casa mal-ajambrada, sem saneamento básico. Sem condições físicas para trabalhar e sem a certeza de sua aposentadoria e de sua própria existência.

Essa mesma mulher, que não pode estar aqui hoje, será o fio condutor dessa jornada que acontece a cada minuto.

Não contaremos a história do começo, nem do fim, nem do meio. Compartilharemos a experiência do instante. Sim, se estamos aqui hoje, é porque esse instante está sendo compartilhado. Fazemos parte da mesma história, com narrativas diferentes. Esse instante em que estamos agora é só mais um de toda a história. E continuamos...

E se o teatro é lugar de experiência, a troca entre a obra e o povo, o que seria deste instante se não narrássemos nossa ancestralidade?

Se não falássemos sobre nossa experiência e nossa história?

Sobre nossa memória e nossa carcaça?

Sobre nossa resistência?

Pausa.

Alguém, por favor, tem horas? [*pergunta para o público*]

Portanto, agora, às 8h10 da noite, falaremos sobre nós!

E quem somos nós?

NINGUÉM: Ninguém... de Oliveira Neta! Não tenho idade nem tempo morto. Não sei quem sou, apagaram-me com borracha de caneta. Não sei de onde vim, mas sei pra onde vou. Sofri muito, por isso tenho "neta" no nome. Coleciono avós e tenho várias aptidões. Estou ciente de todas as provas que preciso passar. Às vezes as minhas avós fazem barulho, mas posso pedir para ficarem quietas. Meu sonho é chegar...

GASTA-BOTAS: São Paulo é a minha idade. Me chamo Gasta-Botas. Sei de onde vim e pra onde vou. Costumo ficar pouco em alguns lugares, pois meus pés não conseguem parar de andar. Sou andarilho de sonho feito e pés rasos. Estou andando há muito tempo, mas os quilômetros não são contabilizados. Tenho resistência a caminhos estreitos e chuvas fortes, mesmo querendo chegar nas águas de...

MULHER DE SAL: Sal, sim, sou salgada. Sou Mulher de Sal, próxima de peixes e algas marinhas. Eu estou grávida da humanidade e preciso desaguá-la perto do pôr do sol. Não sei de onde vim, mas sei pra onde vou. Eu sou grande, mas caibo num pingente. Sou compacta, imensidão, gota e cachoeira antes de salgar. Sei o que me espera, sou fruto da história e o caminho é um assunto que sei falar com propriedade. Eu sou a minha própria memória. Sou água, mas às vezes queimo feito...

FOGO: Fogo! Sou vida, recomeço, história. Xangô! Sou os olhos de Picita, que filtra o mais puro e sólido. Eu queimo feito raio e corro feito água. Picita é uma das minhas chamas, dançando pelo tempo e espaço. Eu sou vida, mas também sou morte!

1. MATO CHEIO

Gasta-Botas, Ninguém e Salgada na casa da Ressaca.

GASTA-BOTAS: Eu estou andando há dias e nem sou pneu!

SALGADA/NINGUÉM: Quanto tempo será que falta ainda?

NINGUÉM: Essa casa aqui tem história!

SALGADA: Por aqui já passou muita gente fugida.

GASTA-BOTAS: Eu estou andando há dias e nem sou pneu.

SALGADA: Olha aí, tanta terra pra pouco passo.

NINGUÉM: Tanta parede pra sonho pouco.

SALGADA/GASTA-BOTAS: Mas o que é que passa na cabeça dessa gente?

GASTA-BOTAS: Será que Deus me dá pés novos pra andar?

NINGUÉM: Eu estou andando há dias e nem sou pneu!

SALGADA: Tem alguém aí?

NINGUÉM: Mil setecentos e...

GASTA-BOTAS: Essa casa tem história!

NINGUÉM: Dezenove!

SALGADA: Eu só quero chegar lá.

GASTA-BOTAS: Eu já andei tanto que eu estou quase virando parte da terra.

NINGUÉM: Mas eu não quero mais fugir. Eu só fujo, fujo, fujo! Sou quase um...

SALGADA: Búfalo! É isso que me resta ser, um búfalo!

GASTA-BOTAS/NINGUÉM: De que adianta fugir e não saber por onde andar?

GASTA-BOTAS: Será que Deus me dá pés novos?

NINGUÉM/SALGADA: Tem alguém aí?

SALGADA: Essa casa carrega tempo!

GASTA-BOTAS: Serve de passagem, só de passagem!

NINGUÉM: Sou quase um...

SALGADA: Búfalo! É isso que me resta ser, um búfalo!

GASTA-BOTAS: Eu me perco em mim mesmo todos os dias.

SALGADA/NINGUÉM: Serve de passagem, só de passagem.

NINGUÉM: Coragem de Iansã pra aguentar essa labuta!

SALGADA/GASTA-BOTAS: Búfalo!

NINGUÉM: Lá embaixo tem gente da minha gente.

SALGADA: Minha vida é tão salgada, e nem sou a mulher de Ló.

NINGUÉM: Tem casa de gente como a gente.

SALGADA: Sal assim cor de... açúcar!

GASTA-BOTAS: Será que Deus me dá sonhos novos pra sonhar?

NINGUÉM: Tem um F bem grande na minha barriga.

GASTA-BOTAS: É tanto chão pra pouco pé.

GASTA-BOTAS/SALGADA: É tanta fuga pra tempo pouco.

TODXS: Búfalo!

NINGUÉM: É um F maiúsculo... Tem um F na minha barriga!

SALGADA: Essa casa é de passagem, só de passagem.

GASTA-BOTAS: Tem alguém aí?

SALGADA: Eu preciso continuar andando, antes que mais gente chegue aqui.

GASTA-BOTAS: Xiii! Agora não dá, só de madrugada.

NINGUÉM: Um F assim, ó...

GASTA-BOTAS: Eu preciso continuar andando.

SALGADA: Eu estou andando há dias e nem sou pneu!

NINGUÉM: Andar sem olhar pra trás!

GASTA-BOTAS: Eu admiro a mulher de Ló.

SALGADA: Será que Deus...

TODXS: Búfalo!

SALGADA: Será que Deus me dá costas novas?

NINGUÉM: Tem um F na minha barriga!

GASTA-BOTAS: Me tiraram do meu lugar!

TODXS/SALGADA: Eu me perco em mim mesmo todos os dias.

SALGADA: Eu só fujo, fujo, fujo...

TODXS: Búfalo! É isso que me resta ser, um búfalo!

GASTA-BOTAS: Eu preciso continuar andando.

SALGADA: Essa casa é de passagem, só de passagem.

NINGUÉM: Por aqui passa e já passou muita gente fugida.

SALGADA: Esse sal na ponta dos olhos pesa demais!

NINGUÉM: Um F maiúsculo.

GASTA-BOTAS: Andar sem olhar pra trás.

NINGUÉM: Um F de FUGITIVO!

2. O MUNDO É DE PICITA

PICITA: Eu sou a dona dessa terra
Não outra, essa aqui
Sei disso porque sei
Eu vi Deus
Eu conheço Deus
Eu conheço cada grão de areia desse mundo
Eu juro pelo amor que tenho às estrelas
Eu sou a dona dessa terra
Não existe ser vivo com oxigênio suficiente
pra se lembrar do que eu lembro
O mundo é mundo desde que as formigas
adquiriram a capacidade de trabalhar sem reclamar
E, no entanto, são as cigarras que não param
de chorar
É verdade!
Eu sou a dona dessa terra
Essa aqui que eu estou pisando
Esse pedaço de mundo que meus pés tocam
é meu
Eu não durmo!
Eu passo 24h conversando com o fogo
O fogo sempre diz a verdade
É dele que vem toda a sabedoria desse corpo
festa
que insiste em perambular por aí
Ele é a verdadeira fonte de todo o mistério da
vida

É dele que vem essa sede incontrolável em capturar grãos de areia

pra quem sabe, um dia, eu construir meu próprio planeta

É de vida que se trata!

É de terra que se trata!

É sob esses pés que o mundo se agiganta bem diante dos meus olhos

Sei disso porque sei

Eu conheço Deus

Eu sei das estrelas e dos sonhos pendurados

Eu sou a dona desse chão

Mas não me foi dado de graça, não, eu conquistei!

Às vezes é preciso estancar a utopia

Estender as certezas no varal da vida

e esperar que o vento seque todos os vestígios de dúvidas

Capturar outros pedaços de chão

É preciso se deslocar para outro lugar

Pedir emprestado aquilo que só pertence a você

Sair de sua terra e enfrentar outra

Não dá pra viver onde não se vive

Mas eles não entendem nada do que a gente fala

Eles acham que chão é igual alface

Mal sabem eles que eu sei onde estão todas as terras

É verdade, o fogo me contou

É sobre esse corpo terra que agora o mundo desaba.

3. MAPA DE PEITO

GASTA-BOTAS:					
Norte		Sul		Leste	
Oeste	Leste	Norte	Oeste	Sul	Sul
Oeste	Sul	Norte	Leste	Leste	Norte
Leste	Sul	Oeste	Leste	Leste	Norte
Direita	Trás	Esquerda	Em cima	Frente	Embaixo
Pra lá	Lá	Pra cá	Esquerda	Aqui	Direita
Leste	Embaixo	Frente	Sul	Trás	Oeste
Em cima	Norte	Pra lá	Pra cá	Aqui	Trás
Leste...					

Pra onde andar? Eu pergunto a vocês, pra onde andar? Pra onde escapar? Tem tanto caminho sem volta. Às vezes eu me sinto uma pomba tonta, uma pomba tonta com a pata machucada no meio-fio. Eu estou andando há dias e eu nem sou pneu. Eu sou obrigado a olhar para o Sol e perceber que as horas me atravessam rispidamente. Elas me amarram em um poste cheio de propagandas sobre amor pra me dizer que sou culpado por roubar os meus próprios sonhos. É como chibatadas nas costas do coração. Eu sei o que é se perder, eu faço isso todos os dias. Eu ando pra lá, ando pra cá, ando, ando, ando e não chego. Eu nunca chego. Eu venho de longe, eu atravesso a cidade em voo baixo. Eu ando pra chegar no mar, eu preciso chegar no mar. Lá de onde eu venho não é lugar pra mim. Lá não é lugar de gente como a gente vive. Nesse mundo, se você não nasce com a bunda virada pra lua, nasce com a barriga encostada no tronco. Mas eu sigo, eu sigo tentando não olhar pra trás. Lá aonde eu vou tem gente minha, tem sangue do meu sangue, eu tenho certeza. E se não tiver eu invento, eu construo a minha própria linhagem. É assim que acontece quando um de nós chega do outro lado. E eu sei que vou chegar. Mas se ao menos eu soubesse por onde ir. Eu estou andando há dias e nem sou pneu. O tempo me amarra em um poste cheio de propagandas sobre amor e rouba os meus sonhos. Eu sei o que é se perder, eu faço isso todos os dias. Eu quero saber quem é o responsável por tanta bifurcação.

4. O MEDO DOS NEGO

Ninguém e Salgada na casa da ressaca.

NINGUÉM: Andá com fé eu vou, que a fé não costuma faiá! Andá com fé eu vou, que a fé não costuma faiá! Andá com fé eu vou, que...

Salgada gargalha.

NINGUÉM: O que é?

SALGADA: [*gargalhando*] Nada, só estou rindo dessa sua esperança aí. [*gargalhando*] Mas, ó, falha, sim, viu, e como falha. Ô se falha! Se a gente não tomar cuidado, ela vem e PEI! Derruba a gente.

NINGUÉM: Eu disse que a fé não costuma faiá, agora, se ela dá umas fugidas de vez em quando...

SALGADA: Aí você foge também!

NINGUÉM: De novo?

SALGADA: Sempre, é o jeito. Sem descanso!

NINGUÉM: Tô cansada de dar jeito, quero chegar logo!

SALGADA: Eu já disse que só de madrugada, Ninguém. Já pensou se alguém te pega?

NINGUÉM: É por isso que me pego na fé, Salgada. Em terra de indecisos, quem tem a palavra é rei.

SALGADA: E quem tem pé é vencedor!

NINGUÉM: [*voltando a cantar*] Andá com a fé eu vou, que a fé não costuma faiá...

SALGADA: [*irritada*] Vamo parar de cantar? Você tá cantando desde lá de trás.

NINGUÉM: Mas será possível?! Nem cantar pode mais nesta terra?! Já não basta essa condição? Até o canto querem me tirar?

SALGADA: Cantar é a última coisa pra se fazer aqui. Já pensou se os capitão pega a gente?

NINGUÉM: Mas se a gente não cantar, a gente morre.

SALGADA: A gente não morre, a gente desaba. É melhor a gente esperar anoitecer e seguir andando pelos trilhos, em silêncio. A essa hora, os cachorros já estarão deitados e as luzes apagadas.

NINGUÉM: E se os cachorros sentirem nosso cheiro?

SALGADA: É só ficar parada e se fingir de morta, igual os bichos da savana.

NINGUÉM: Mas e se uma das minhas avós espirrar?

SALGADA: Fala pra elas ficarem quietas, Ninguém. Não podemos arriscar, já pensou se alguém nos pega e a gente é obrigada a voltar para aquele lugar?

NINGUÉM: Nunca, jamais! Soube que lá a coisa tá bem ruim. Muita gente não teve nossa sorte, não, e o couro tá comendo solto. Coitada da Alzira, prenha que só ela, vai ficar na solitária, na chibata. Foi roubar manga logo do terreno ao lado, deu nisso. O dono é um louco, era capaz de tirar a vida dela e a do filho ali mesmo, na frente de todo mundo.

SALGADA: E o que se pode esperar vindo de gente como aquela? Eu tenho dó da Alzira, mas não dá pra gente voltar. Eu falei pros nego: vamo sair essa noite que dá! Mas não, ninguém me ouviu. Não quiseram desobedecer ao dono. Bando de ovelha fugindo do cão!

NINGUÉM: E que culpa esse povo tem, Salgada? Eles são que nem a gente, sangue do sangue, leite do leite. Pra lá de quinhentos nego, tudo triste, cabisbaixo, trabalhando até a morte.

SALGADA: É, até a morte! [*pausa*] E como pode uma coisa dessas? Tanta gente pra coragem pouca? O jeito é fazer revolta, pegar as inchadas e ir pra luta!

NINGUÉM: Medo. É medo! Se todo mundo pensasse assim como você, ou a gente fugia ou todo mundo morria pendurado nas árvores. Alguns precisa ficar pra outros fugir. Mas as mãos dos nego tão tudo trêmula, igual vara verde. A cabeça nem pensa mais. O veneno vem pelo olho dos capitão, eles abre o olho bem grande e jorra medo no olho dos nego. Aí ficam tudo enfeitiçado pelo medo, pela raiva, pela tristeza.

SALGADA: Essa terra aqui não é a nossa, não somos daqui. Se a gente conseguiu fugir é porque a gente precisar chegar lá. Andar sem olhar pra trás e caminhar pra desenhar o horizonte.

NINGUÉM: E o que estamos esperando que não vamos embora de vez?

SALGADA: Estamos esperando a madrugada.

NINGUÉM: É mesmo.

Pausa.

NINGUÉM: Engraçada essa casa aqui. Olha as paredes como são branquinhas, branquinhas...

SALGADA: Parece até o céu cheinho de nuvem.

NINGUÉM: Será que alguém mora aqui?

SALGADA: Parece que não, tá vazia.

NINGUÉM: Tá nada, tá é cheia!

SALGADA: Como assim?

NINGUÉM: Aqui já passou muita gente fugida, que nem a gente.

SALGADA: Eta mundão!

NINGUÉM: Acho até que foram para o mesmo lugar que estamos indo.

SALGADA: Devem ter sido aqueles nego que sumiu daquela vez, lembra? Comeram as manga, roubaram os leite, soltaram os nego do tronco. Aí todo mundo sumiu, do nada. O dono disse que eles morreram, que não era pra gente comer mais as manga com leite que senão era morte pra todo mundo. Disseram que a mistura dava bicho na barriga, que matava. Mas não adiantava, os nego comia tudo! Depois, aproveitavam a valentia e fugiam. Da última vez deram prejuízo!

NINGUÉM: E foi de monte, os dono ficou bravo pra burro.

SALGADA: Ô se ficaram... Imagina que você tem um monte de gado, aí um dia você acorda e os bichinho tão tudo desaparecido. Só pasto e cerca cortada. Sobra o quê? A braveza!

NINGUÉM: Mas essa casa aqui tem chão batido, pé aqui foi de monte e um monte bastante. O ar é outro, o cheiro também. Poderiam ter deixado uma pista de como descer essa serra, né?

SALGADA: Enlouqueceu? Deixar pista pros capitão achar a gente?

NINGUÉM: Seria mais fácil pra seguir. Além do mais, nem eu nem você sabe como desce essa trilha. À noite o mato é tudo escuro, só dá pra ver os vaga-lumes.

SALGADA: Ninguém sabe como fugir. A gente só foge!

NINGUÉM: Então por que a gente não desce logo? Vamos embora, o que estamos esperando?

SALGADA: Estamos esperando a madrugada.

NINGUÉM: É mesmo.

Pausa.

NINGUÉM: Tô com medo!

SALGADA: É o que nos resta.

NINGUÉM: Tô com medo das minhas avós, elas vão ficar bravas. Elas querem chegar na água pra morar na espuma do mar, olhar o horizonte com tranquilidade, mirar nossa casa.

SALGADA: Diz pra elas ficarem quietas, porque agora é escondido que a gente deve ficar. O mato tá cheio e o perigo tá grande. Não dá pra sair agora!

Breve pausa.

NINGUÉM: Você também tá com medo?

SALGADA: Deixe disso!

NINGUÉM: Você tá com medo?

SALGADA: Pra que você quer saber?

NINGUÉM: Fala, tá com medo?

SALGADA: Deixa de besteira. Não é hora de sentir medo!

NINGUÉM: Tá com medo? Fala pra mim que você tá com medo. Tá com medo? Tá com muito medo? Fala pra mim! Fala pra mim! Tá com medo? Fala! Medo? Tá com medo? Fala pra mim que você tá com medo. Fala! Tá com medo? Fala! Medo!

5. ÁRVORE GENEALÓGICA

ATRIZ: BRINDE! Hoje a gente vai brindar! Você vai me deixar sozinha? Eu vou até aí ou você vem aqui? Canta pra subir! Fica à vontade, vou te contextualizar. No meu registro de nascimento nomearam-me Isamara Castilho Lima. Castilho, Castillo, Castilhas, Del Castilhas, Castiglione, CASTELO, FOR-TA-LE-ZA. É o significado do meu sobrenome espanhol escravocrata. Meu tataravô foi um homem muito rico, herdeiro de muitos canaviais. Ele tinha cor de bala de coco quando derrete na boca, sabe? Não se casou, mas mantinha relações sexuais com uma de suas propriedades retintas. Minha tataravó, chocolate 100% cacau, veio para o Brasil com ele. Tiveram 27 "propriedadezinhas". Trabalhadora eficaz que era, gerou 27 "propriedadezinhas". Ele alegou amor. A gente usa as pessoas e chama isso de amor. Essas propriedades geraram frutos e desses frutos vieram mais frutos, dentre eles: Jorge Ramos Castilho, meu avô. Ele tinha cor de madeira. Sabe madeira molhada, encharcada? Essa era a cor do meu avô. Ele se casou com a Santilha Izabel. Esse "Izabel" foi em homenagem à princesa, inclusive. Vovó Santilha tem cor de caramelo bem-feito, daquele que fica "moreninho" e quando a gente mastiga até agarra nos dentes, sabe? Ela é neta de uma indígena puro-sangue, da aldeia dos Botocudos do interior de Colatina, no Espírito Santo. Eu sou de lá, é minha terra, é de onde eu vim. Colatina é a terra do jeans. Colatina é a terra de sol poente mais bonito que já se viu. Esses dois tiveram cinco filhos. O caçula se chamava Mathuzalén Vitório Castilho. O tio Tuza tinha cor de brigadeiro. Ele morreu dia 18 de janeiro de 2018, tinha 50 anos. Tio Tuza nunca se casou, não teve filhos, começou a beber aos 15 anos e, até o último dia de vida, ele bebeu como se não houvesse amanhã. Sábio! Na certidão de óbito constava: hemorragia digestiva alta, choque hipovolêmico, tabagismo e etilismo. Voltamos aos canaviais... Tio Tuza morreu de tristeza, eu sei. Eu quero fazer um brinde ao meu tio, porque ele era minha pessoa favorita no mundo. Você tem uma pessoa favorita no mundo? Então vamos brindar a essa pessoa.

Brinde.

ATRIZ: Tio Tuza foi meu pai, porque um dia o meu pai foi embora. Eu estou discorrendo a minha árvore, apresentando esses homens e me questionando em que momento as mulheres da minha família fizeram escolhas reais. Em que momento o sim e o não delas foram aceitos por esses homens? Brígida, Rita, Edinamara, Izabel, Dejanne... quais foram suas últimas certezas?

Pausa.

ATRIZ: A mãe do meu pai se chamava Iracema. Ela era vermelha, vermelhinha, cor de jambo, conhece? O jambo mesmo, não estou falando da cachaça, estou falando da fruta, você conhece? Então, essa era a cor da minha avó.

Ela foi pega no laço. Alguém aqui sabe o que é ser pego no laço? [*pausa*] Rodeio, boiada, la-ça-da! Igual animal mesmo! Minha avó foi obrigada a manter relações sexuais com um italiano que ela não amava. Nos dois últimos meses de vida, o Alzheimer queimou a mente dela. Sr. Alzheimer! Dr. Alzheimer corroeu a mente da minha avó. Ela não se lembrava como se cantava, como se dançava. Ela não se lembrava que ela comia com a mão e que era uma rainha quando fazia isso. Não se lembrava de sua terra, do seu povo, de nada. Mas vocês acreditam que ela se lembrava de mim? Ela se virou pro meu pai na última semana de vida e disse: "Cadê aquela menina que foi pra São Paulo fazer teatro? Eu já fiz muita gente sorrir. Eu fui vendida pro circo. Os brancos se levantavam pra me aplaudir." Ela precisou se esquecer para lembrar. Às vezes, a opção é única. E é a que temos mesmo. Por que a gente tem que sair das nossas terras? Eu queria entender o que é isso de colonizar nossos úteros. Nossos desejos. Nossa sexualidade, nossas crenças. Eu queria entender...

Pausa.

ATRIZ: Eu li uma vez que as vacas com ancas largas podem valer milhões porque são boas parideiras. Quanto será que vale uma mulher como eu? Eu te assusto? Meu tamanho te dá medo? Será que eu valho tanto quanto uma vaca de leilão? Você é seguro o suficiente para amar uma mulher que voa? [*breve pausa*] Voz eu tenho muitas. Avós eu tenho várias. Coleciono todas dentro de mim. Abelhas-rainhas estupradas tocando a campainha do meu peito, gritando: "CHEGA DESSE COMPROMISSO TOSCO, VOCÊ NÃO DEVE SATISFAÇÃO PRA NINGUÉM". Seu corpo é arrastão, mulher-explosão, maremoto, bomba-relógio prestes a explodir! E pra quem supõe que pode domá-lo, saiba que estão todas prontas pra incinerar teu ego (macho)cado. VÓ! VÓÓÓÓ! Eu não me submeto mais, minha pele queima, quero enfiar a minha cabeça na boca de um vulcão e explodir. Estou temperando o coração com cachaça, vó. Um brinde à geração de mulheres que escolheu ser gente.

6. QUEM TEM CASA PRA NINGUÉM?

NINGUÉM: Eu sou Ninguém porque assim quis o mundo. Mas tenho "neta" no nome. Sou Ninguém de Oliveira Neta. Oliveira vem dos patrão e neta das minhas avós. Carrego as minhas avós comigo pra ter certeza de onde vou. Eu fui apagada com borracha de caneta, apagaram meus passos, meus sonhos, minhas palavras, meus amores. Só não apagaram minhas dores, essas reforçaram, grifando a ferida da minha existência. A única coisa que tenho são minhas avós. Todos os dias, dentro de mim, elas cozinham bolo de milho pra me fazer crescer, sinto o milharal todinho dentro de mim. O milho me inquieta, me revolta na volta da vida, alimenta a minha barriga nervosa e as minhas pernas cansadas. Eu quero desaguar minhas avós na espuma do mar, elas precisam descansar, estão há muito tempo dentro de mim. Se eu conseguir descer lá para as águas, vou construir uma jangada pra voltar para a casa. Eu preciso de uma casa. Quem tem casa pra Ninguém? Quem tem casa pra Ninguém?

Pausa.

NINGUÉM: Madeirite. Azulejo de cimento. Sofá de cimento. Ar de cimento. A minha casa vive em reforma, a minha casa nunca fica pronta. A gente tentou de tudo: empréstimo, carnê, poupança, consórcio, consignado, jogar na mega-sena da virada. Você já deve ter ouvido alguém dizer por aí: "Aluguel é um dinheiro que vai e não volta nunca mais." Da avó por parte de pai à avó por parte de mãe, o mesmo sonho prevalece na informação genética: casa própria! Afinal, a realidade de muitas famílias brasileiras é essa: 9 irmãos, 1 cômodo. 1 cômodo, 9 irmãos. 12 pessoas, 3 pratos. 3 pratos, 12 pessoas. 1 pessoa, muitos cômodos. Muitos cômodos, 1 pessoa. 7 pessoas, nenhum banheiro. Nenhum banheiro, 7 pessoas. 101.854, nenhum cômodo. Nenhum cômodo, 101.854.

NINGUÉM: Vó, vô, ô mmmmmmmmmmãe, ô Lucas, vem, tio! Foram três dias seguidos de trem que liga São Paulo ao porto do mar. A Marieta chegou de Alagoas; a Cleusa, de Minas Gerais. Onde elas vão dormir? Para de pular nos outros, Pelado! Você me desculpa, meu vira-lata é meio emocional, viu? Vamos conhecer a casa. Prazer, eu sou 89 da rua Ferrúcio Sandoli, Americanópolis, Cidade Ademar, zona sul de São Paulo.

Onde o avião, quando passa, passa baixo, faz sombra e a gente quase consegue pegar, as meninas e os meninos é que empinam. O teto caiu e a parede aprendeu a sorrir. O chuveiro não esquenta mais, seus fusíveis foram trocados tantas vezes que ele esqueceu que é o mais importante da casa. Tenho três gatos: o Jorge, o Mateus, e o terceiro está fazendo a luz funcionar. Eu tenho cheiro de café, maconha, fumo-de-corda. A TV está sempre ligada. Minha janela é engolida pela multidão de tijolos, dá pra ver a vizinhança toda através dos buracos, quando tem jogo você pode ver a rabeira dos fogos subir, a pontinha da lua acender e um borrão do que seria uma constelação. Quando chove, a ratazana acha que sou hostel! No calor, eu viro multifuncional: eu asso, frito, refogo e grelho quem estiver dentro. Parece que a gente está no sovaco do sol.

7. RUMO

Ninguém e Gasta-Botas na casa da ressaca.

NINGUÉM: Tá com medo? Fala pra mim que você tá com medo. Tá com medo? Tá com muito medo? Fala pra mim! Fala pra mim! Tá com medo? Fala! Medo? Tá com medo? Fala pra mim que você tá com medo. Fala! Tá com medo? Fala! Medo!

GASTA-BOTAS: Eu não estou com medo.

NINGUÉM: Tem certeza?

GASTA-BOTAS: Tenho, por esses pés que me acompanham!

NINGUÉM: [*falando pro coração*] Xiii, silêncio, vó! Eles vão ouvir.

GASTA-BOTAS: Tá falando com qual avó agora?

NINGUÉM: A Maria! Ela teima em tossir nos momentos mais difíceis.

GASTA-BOTAS: Ela tosse e você canta!

NINGUÉM: Canto! Eu canto pra viver, se a gente não cantar, a gente morre.

GASTA-BOTAS: A gente não morre, a gente desaba!

NINGUÉM: Igual os nego lá do campo.

GASTA-BOTAS: Igual os bichos da savana.

NINGUÉM: Gasta-Botas, é estranho, né? Ficar andando assim sem rumo, fugir...

GASTA-BOTAS: Eu tenho rumo!

NINGUÉM: Fico imaginando se as minhas avós andassem assim sem rumo, ao vento, no relento. Credo, as bichinha ia morrer de frio.

GASTA-BOTAS: Eu tenho rumo!

NINGUÉM: E os pés, Gasta-Botas? Não doem, não? Esse sapato raso, essa respiração nervosa, essa barriga estranha, esse olhar longe...

GASTA-BOTAS: EU TENHO RUMO!

NINGUÉM: Eu também tenho, mas agora ele tá escondido. Parece coragem quando tem medo, corre pro corpo da gente igual cachorro com o rabo entre as patas.

GASTA-BOTAS: O meu rumo é sem tamanho, mas eu sei aonde quero chegar.

NINGUÉM: Eu também!

GASTA-BOTAS: Então vamos descer, vamos atravessar esse mato logo de uma vez. O que estamos esperando?

NINGUÉM: Estamos esperando a madrugada.

GASTA-BOTAS: É mesmo!

Pausa.

GASTA-BOTAS: Por que a gente não fugiu daquela vez?

NINGUÉM: Não dava, os dono tava tudo de olho. Quem fugiu, fugiu!

GASTA-BOTAS: Os nego fugiram à luz do dia, Ninguém. Aproveitaram um descuido e, ó... Picaram a mula!

NINGUÉM: Não adianta chorar pelo leite derramado, já foi. Já beberam, já fugiram!

GASTA-BOTAS: Agora estamos aqui, escondidos! Apertados! Enquadrados! Esta casa mais parece um cativeiro, já passou foi muita gente aqui. Eu sei! Olha o chão batido, e esse cheiro de fuga que exala das paredes... tem história e não é pouca! Muita gente com fome, sede, fugindo feito búfalo para o meio do mato, no escuro. Você já viu pessoa que vê no escuro, Ninguém? Tem não, tem nada. Mas o olho dos nego se acostuma com a falta do sol, da luz do dia. A gente vê um rastro de longe, Ninguém. Não tem espécie que alcance!

NINGUÉM: A minha vó Dirce tem habilidades com o faro, consegue sentir o cheiro de uma laranja a 30 metros de distância ou até de uma amora, no alto do pé. Ela desenvolveu esse dom depois de perder a paixão, os olhos, a visão. Daí morreu esquecida perto de um rio. Depois veio morar no meu peito. Hoje ela me ensina o cheiro de cada coisa.

GASTA-BOTAS: E qual é o cheiro do mato?

NINGUÉM: Mato tem cheiro de chupa-sangue, de vaga-lume, de capim.

GASTA-BOTAS: E que cheiro tem essa casa?

NINGUÉM: Cheiro de medo, de fome, de sede, de solidão.

GASTA-BOTAS: Eu acho que os capitão também sentem nosso cheiro.

NINGUÉM: Os cachorros! Os cachorros sentem, eles farejam tudo quanto é canto. São treinados pra caçar, pra pegar os nego pela orelha e balançar até o fim.

GASTA-BOTAS: E o cheiro do mar, Ninguém?

NINGUÉM: O mar... de travessia!

GASTA-BOTAS: Eu quero atravessar o mar para encontrar os meus e as minhas.

NINGUÉM: Eu quero atravessar o mar para encontrar as minhas e os meus.

GASTA-BOTAS: Mas, para isso, a gente tem que atravessar o mato primeiro. Vamos, Ninguém, o que estamos esperando?

NINGUÉM: Estamos esperando a madrugada.

GASTA-BOTAS: É mesmo.

Pausa.

GASTA-BOTAS: Será que eu vou ter pé pra andar tudo isso?

NINGUÉM: Precisa ter. Quando se desce, não pode parar. Descer até não conseguir mais!

GASTA-BOTAS: Você fala isso porque tem companhia, mais de quinhentas avós aí dentro. Eu sou sozinho. Eu, meus pés e meu sonho. Eu ando, ando, ando e não chego, eu nunca chego. Eu já andei tanto e eu nem sou pneu! O caminho me engana o tempo todo, a direção se move o tempo todo. Eu sou uma bússola bêbada!

NINGUÉM: E depois diz que tem rumo! Gasta-Botas, você anda porque precisa andar. Se parar, o corpo esfria e a cabeça dorme. Desde que estamos aqui, nessa casa, você não para quieto, fica andando pra lá e pra cá.

GASTA-BOTAS: Meus pés não param, estão sempre se movimentando. Eu sou uma bússola bêbada!

NINGUÉM: Você vem de longe, do outro lado do continente, não é? Eu sei! Você se perde em si mesmo. Corre atrás do sonho, mas o sonho muda de lugar. Toda vez que você chega perto do sonho, ele muda de lugar. Você nunca consegue pegar o sonho.

GASTA-BOTAS: Eu sou uma bússola bêbada!

NINGUÉM: Agarra esse sonho, Gasta-Botas.

GASTA-BOTAS: Eu sou uma bússola bêbada!

NINGUÉM: Agarra, Gasta-Botas! Agarra esse sonho!

GASTA-BOTAS: Eu sou uma bússola bêbada. Uma bússola bêbada!

NINGUÉM: Agarra!

GASTA-BOTAS: Eu sou uma bússola bêbada!

NINGUÉM: Vai, Gasta-Botas, agarra esse sonho. Agarra esse sonho agora!

GASTA-BOTAS: Bússola bêbada!

NINGUÉM: Agarra esse sonho, agarra agora. Agarra! Agarra esse sonho. Vai, agarra! Agarra esse sonho. Agarra!!!

8. EU TRANSBORDO CARTAS, MAS MINHA CASA NÃO TEM ENDEREÇO

ATOR. Meu nome é Patrick. Vinte e um anos. Morador do distrito de Parelheiros, extremo sul de São Paulo. Eu estudo no centro da cidade e gasto três horas de viagem até lá. E nesse processo de ida e vinda eu descobri que tinha que fazer da minha mochila uma mala de viagem.

Sanfona toca valsa.

ATOR: [*mostrando os pertences*] Então, eu sempre levo: uma blusa de frio, um protetor solar, um desodorante, chinelos, escova de dentes, chaves: essas são as chaves de todas as casas em que eu morei. Aqui tem chave do portão e da porta de casa. Calça reserva, lixo, uma agenda, um coração, uma embalagem de batata: esta batata custou dez reais! Laís, o nome dela. Carregador de celular, uma cueca, mais lixo, uma pomada antibacteriana, minha identidade, mais uma blusa de frio, bilhete único, fone de ouvido, uma prancheta, uma pasta de desenhos: aqui tem as minhas referências de quando eu tinha 15 anos: uma amiga, outra amiga, Avril Lavigne, um amigo, Johnny Depp, um amigo, Renato Russo, Beyoncé, *Diário de um vampiro* e *Crepúsculo*, Hermione e Harry Potter, outra amiga, Sharon Menezes... e o fogo.

Pausa.

ATOR: E, por último, tem essa pasta aqui. Nela, guardo algumas cartas que às vezes escrevo. Vou ler uma para vocês, o nome dela é "Parelheiros":

"Por aqui, o relógio tem outro tempo, o ar é outro, as pessoas também. Lembro do meu primeiro dia, chorava e gritava pra mim mesmo que não ficaria por muito tempo. Motivo: não tinha sinal pro meu 3G! Não tem prédios, a rua não tem asfalto, tem apenas uma linha de ônibus que passa a cada 30 minutos. A maioria das casas é feita de madeira, a minha é uma das únicas que é construída com materiais de construção: concreto, cimento. O animal de estimação do meu vizinho é uma vaca que de vez em quando vem aqui no meu portão dar um 'oi'. O vizinho da frente tem algumas galinhas que correm de um lado para outro na rua. O vizinho de baixo tem três cavalos lindos que vivem soltos, quando começam a correr parece que vão quebrar o mundo. Às exatamente quatro horas da manhã o galo já dá os primeiros tons para acordar a vizinhança, as crianças brincam descalças, tem um campo de futebol do lado da minha casa onde os meninos da bola passam o maior tempo de seus dias. Às vezes, assisto a algumas partidas. Por não ter grandes construções, eu consigo ver a linha do horizonte, o céu é um espetáculo, o pôr do sol nem se fala! Dá para acompanhar a Lua em todas as suas fases, tem mata conservada. Por muito tempo eu demonizava esses fatos, considerando um lugar impróprio para morar por ser menos desenvolvido em relação ao centro da cidade. Tive raiva da chuva por molhar a terra e transformar tudo em lama, sujando os meus tênis. Tive raiva da luz que faltava frequentemente no começo, da água que às vezes não tinha. Tive raiva de morar em uma rua sem nome, de ficar sete meses sem internet e refém do meu 3G, que só pegava em cima da cabeceira da cama, onde eu tinha que fazer manobras para me comunicar. Hoje, pra ir à escola, faço 3 horas de viagem até Santo André, e cada vez que olho pro meu pé e vejo algumas partes do meu tênis sujo de lama, eu me lembro que pra onde eu vou não tem metade das riquezas de onde eu venho."

9. A BEIRA DO MUNDO

PICITA: O mundo tá de ressaca
Eu sei, eu vi
É verdade!
Eu vi Deus
Eu conheço Deus
Institucionalizado!
Massacrado!
Posto goela abaixo
em cada pedacinho desse chão
O mundo tá de ressaca
e as consequências não são minhas
Quem já teve medo de dizer a verdade
largou de morrer?
Quem atravessa esse caminho
dia e noite
noite e dia
largou de morrer?
Largou de passar fome?
Eu sei de tudo
Eu não vou apagar uma estrela sequer
Tenho uma constelação inteira no olhar
Sou feita do pó!
Sabe, pó assim da cor do resto de... Lua
Mas eles sabem o que a gente faz aqui
Sei disso porque sei
Lá em Marte não tem isso de se esconder, não!
Lá tudo é tão transparente
Cor de plasma, placenta, ar, espírito

Pausa.

> Olha lá... Lá vai ela se esconder na casa da ressaca
> Eta lasqueira!
> Mas é por pouco tempo, viu?
> É por pouco tempo porque o caminho é longo e as pernas são curtas
> E tem que andar sem olhar pra trás
> Filha, não olha pra trás!
> Não, não, não olha pra trás!
> Eu sei, o fogo me contou
> Quem consegue chegar do outro lado se salva
> E quem não consegue acaba voltando
> É tanta gente que foge
> É tanta gente que chora
> É tanta gente que grita pedindo socorro!
> Só corro
> Você sabe a cor que tem Deus?
> Sabe o tom que ele carrega?
> Deus é cor de pensamento, sabe?
> Cor de gesto
> Excitação
> Poesia
> Se engana quem diz
> que o mundo é uma caixinha de surpresas
> É a gente que teima em entender, ó... com a cabeça!
> Pra quê?

Só anda, menino!
Só anda que tu chega lá nas águas salgadas
Antes de nascer eu já sabia de tudo
É óbvio, se eu sou a beira do mundo!
Eu sei de tudo
Eu vi Deus
Eu conheço Deus
Mas Deus não sabe
Deus não sabe que eu converso com o fogo
Antes de ser pele, carne, osso
eu era cor de sangue!
Sangue!
Antes de ser pele, carne, osso
eu era cor de sangue!
Sangue!
Eu sou a beira do mundo
Sangue!
E uma coisa eu falo a vocês
No dia que existir um papa negro...
será o fim dos tempos!

10. CASA DA RESSACA

ATOR/ATRIZ 1: A Casa do Sítio da Ressaca é uma construção de estilo bandeirista feita em 1719, localizada no bairro do Jabaquara. O nome se deu por conta de um córrego, chamado Ressaca, que corria ao lado.

ATOR/ATRIZ 2 A casa era um quilombo de passagem dos escravizados fugitivos em direção aos quilombos da cidade de Santos, no litoral sul de São Paulo. Eles se encontravam na casa para descansar e obter informações de como chegar à cidade praiana.

ATOR/ATRIZ 3: A palavra Jabaquara vem do tupi-guarani: Yab-a-quar-a. Que significa rocha e buraco, rota de fuga.

ATOR/ATRIZ 1: Depois de passarem pela Casa do Sítio da Ressaca, os escravizados caminhavam pela linha férrea que antes era usada para transportar cargas para a cidade de Santos. Seguiam sempre pela madrugada, acreditavam que o horário era bom e o caminho, seguro. Ao chegar em Santos, eram acolhidos pela Igreja católica, mais precisamente pela igreja do Valongo.

ATOR/ATRIZ 2: Depois passavam pelo túnel subterrâneo do Valongo até a igreja dos homens pretos, e depois seguiam para um dos três quilombos em Santos. Eram eles...

TODXS: Quilombo do Jabaquara, quilombo do Pai Felipe e quilombo Santos Garrafão.

ATOR/ATRIZ 2: Tudo isso durante a madrugada.

ATOR/ATRIZ 1: Quintino de Lacerda, líder do quilombo do Jabaquara, se tornou o primeiro vereador negro da cidade de Santos. Liderava o segundo maior quilombo de escravizados fugidos do Brasil.

ATOR/ATRIZ 3: Os escravizados acreditavam que, ao chegar em Santos, no mar, poderiam atravessar o oceano e voltar para suas casas no continente africano.

11. MATO CHEIO

Gasta-Botas, Ninguém e Salgada na casa da ressaca.

GASTA-BOTAS: Eu estou andando há dias e nem sou pneu!

SALGADA/NINGUÉM: Quanto tempo será que falta ainda?

NINGUÉM: Essa casa aqui tem história!

SALGADA: Por aqui já passou muita gente fugida.

GASTA-BOTAS: Eu estou andando há dias e nem sou pneu.

SALGADA: Olha aí, tanta terra pra pouco passo.

NINGUÉM: Tanta parede pra sonho pouco.

SALGADA/GASTA-BOTAS: Mas o que é que passa na cabeça dessa gente?

GASTA-BOTAS: Será que Deus me dá pés novos pra andar?

NINGUÉM: Eu estou andando há dias e nem sou pneu!

SALGADA: Tem alguém aí?

NINGUÉM: Mil setecentos e...

GASTA-BOTAS: Essa casa tem história!

NINGUÉM: Dezenove!

SALGADA: Eu só quero chegar lá.

GASTA-BOTAS: Eu já andei tanto que eu estou quase virando parte da terra.

NINGUÉM: Mas eu não quero mais fugir. Eu só fujo, fujo, fujo! Sou quase um...

SALGADA: Búfalo! É isso o que me resta ser, um búfalo!

GASTA-BOTAS/NINGUÉM: Do que adianta fugir e não saber por onde andar?

GASTA-BOTAS: Será que Deus me dá pés novos?

NINGUÉM/SALGADA: Tem alguém aí?

SALGADA: Essa casa carrega tempo!

GASTA-BOTAS: Serve de passagem, só de passagem!

NINGUÉM: Sou quase um...

SALGADA: Búfalo! É isso o que me resta ser, um búfalo!

GASTA-BOTAS: Eu me perco em mim mesmo todos os dias.

SALGADA/NINGUÉM: Serve de passagem, só de passagem.

NINGUÉM: Coragem de Iansã pra aguentar essa labuta!

SALGADA/GASTA-BOTAS: Búfalo!

NINGUÉM: Lá embaixo tem gente da minha gente.

SALGADA: Minha vida é tão salgada, e nem sou a mulher de Ló.

NINGUÉM: Tem casa de gente como a gente.

SALGADA: Sal assim cor de... açúcar!

GASTA-BOTAS: Será que Deus me dá sonhos novos pra sonhar?

NINGUÉM: Tem um F bem grande na minha barriga.

GASTA-BOTAS: É tanto chão pra pouco pé.

GASTA-BOTAS/SALGADA: É tanta fuga pra pouco tempo.

TODXS: Búfalo!

NINGUÉM: É um F maiúsculo... Tem um F na minha barriga!

SALGADA: Essa casa é de passagem, só de passagem.

GASTA-BOTAS: Tem alguém aí?

SALGADA: Eu preciso continuar andando, antes que mais gente chegue aqui.

GASTA-BOTAS: Xiii! Agora não dá, só de madrugada.

NINGUÉM: Um F assim, ó...

GASTA-BOTAS: Eu preciso continuar andando.

SALGADA: Eu estou andando há dias e nem sou pneu!

NINGUÉM: Andar sem olhar pra trás!

GASTA-BOTAS: Eu admiro a mulher de Ló.

SALGADA: Será que Deus...

TODXS: Búfalo!

SALGADA: Será que Deus me dá costas novas?

NINGUÉM: Tem um F na minha barriga!

GASTA-BOTAS: Me tiraram do meu lugar!

NINGUÉM/SALGADA: Eu me perco em mim mesma todos os dias.

SALGADA: Eu só fujo, fujo, fujo...

TODXS: Búfalo! É isso o que me resta ser, um búfalo!

GASTA-BOTAS: Eu preciso continuar andando.

SALGADA: Essa casa é de passagem, só de passagem.

NINGUÉM: Por aqui passa e já passou muita gente fugida.

SALGADA: Esse sal na ponta dos olhos pesa demais!

NINGUÉM: Um F maiúsculo.

GASTA-BOTAS: Andar sem olhar pra trás.

NINGUÉM: Um F de FUGITIVO!

12. OS NEGO CONTINUA COM MEDO

Salgada e Gasta-Botas na Casa da Ressaca.

SALGADA: [*dormindo*] Búfalo! Búfalo!

GASTA-BOTAS: Salgada!

SALGADA: Búfalo! Corre e se esconde no mato! Guarda seu sonho búfalo, guarda! Corre feito o vento. Corre feito o vento. Búfalo!

GASTA-BOTAS: Salgada! Tá sonhando, é?

SALGADA: [*acordando*] Sonhei que eu era um búfalo!

GASTA-BOTAS: E você é.

SALGADA: Ah, vai te catar!

GASTA-BOTAS: Já catei! [*risos*] Tá aqui, guardadinho. Dessa vez ele não foge mais!

SALGADA: O quê?

GASTA-BOTAS: Deixa pra lá!

SALGADA: Você anda estranho desde que a gente chegou aqui.

GASTA-BOTAS: Andar eu sempre andei. Essa estranheza é que eu não sei de onde vem.

SALGADA: Lá de fora, vem de lá.

GASTA-BOTAS: É...

SALGADA: Você tá com medo?

GASTA-BOTAS: De novo essa história?! Você não cansa, não?

SALGADA: Fala que você tá com medo!

GASTA-BOTAS: E você não para de falar desde que a gente chegou aqui.

SALGADA: Solidão é coisa feia, Gasta-Botas. Gosto dela, não, não mesmo.

GASTA-BOTAS: Mas se não ficar quieta, os capitão pega a gente!

SALGADA: Eu só quero chegar lá.

GASTA-BOTAS: Eu também.

SALGADA: Então por que a gente não atravessa o mato logo de uma vez? O que estamos esperando?

GASTA-BOTAS: Estamos esperando a madrugada.

SALGADA: É mesmo.

Pausa.

SALGADA: Essa casa aqui tem história!

GASTA-BOTAS: Você também já disse isso.

SALGADA: Eu estou cansada, esse sal na ponta dos olhos pesa demais.

GASTA-BOTAS: Você veio salgando o caminho inteiro.

SALGADA: E você rodando igual uma barata tonta.

GASTA-BOTAS: Ah, vai te catar!

SALGADA: Já catei! [*risos*] Tá aqui, guardadinho. Dessa vez ele não foge mais.

GASTA-BOTAS: Salgada, será que os nego daquela vez conseguiram chegar lá do outro lado?

SALGADA: E como saber? Só o mar sabe...

GASTA-BOTAS: Parece que lá embaixo tem lugar pros nego poder ficar quando não conseguem atravessar de vez. Umas casas assim, iguais a essa, só que maior. Cheia de nego fugido esperando o dia de voltar. Não se sabe quando volta, mas a esperança é grande e atravessa o continente. Ela vai pulando o mar feito pedra no rio, sabe? Os nego sabe de onde veio.

SALGADA: O que não pode é olhar pra trás, tem que seguir sem rumo, sem olhar pra trás.

GASTA-BOTAS: Sem rumo...

SALGADA: Se olhar pra trás, lascou! Aí vira medo, vira morte.

GASTA-BOTAS: O jeito é atravessar o mato cheio.

SALGADA: O jeito é atravessar o mato cheio.

GASTA-BOTAS: Eu já andei tanto e eu nem sou pneu.

SALGADA: Minha vida é tão salgada e eu nem sou a mulher de Ló.

GASTA-BOTAS: O jeito é atravessar o mato cheio.

SALGADA: Espera... acho que os capitão estão por perto.

GASTA-BOTAS: Os cachorros também!

SALGADA: E agora?

GASTA-BOTAS: Fala baixo, Salgada!

SALGADA: Eles vão embora, não é?

GASTA-BOTAS: Vamos esperar. Talvez seja só um bicho do mato querendo entrar aqui.

SALGADA: Eu só quero chegar lá.

GASTA-BOTAS: Vamos chegar, confia!

SALGADA: Eu quero morar na espuma do mar.

GASTA-BOTAS: Vai morar, confia!

SALGADA: E se eles pegar a gente? O que a gente faz?

GASTA-BOTAS: Aí a gente vai ter que voltar. Isso se não sumirem com a gente no caminho. O ódio dos capitão é grande demais, maior que o tronco. Quando pega pra judiar, não tem dó que salva. Lembra da Alzira?

SALGADA: Ô, se lembro! Prenha que só ela, foi roubar manga logo do terreno do lado... O dono era um louco, era capaz de tirar a vida dela e a do filho ali mesmo, na frente de todo mundo.

GASTA-BOTAS: E os nego tudo com medo de ser o próximo. Dava dó de ver a Alzira deitada com a barriga dentro daquele buraco. Diziam que era pra não machucar o neném, que vivo valia mais do que morto. Parece que lá no campo os nego só têm sorte quando tá dentro da barriga da mãe. Quando sai, sai de vez. Não volta nunca mais!

SALGADA: Os nego têm medo...

GASTA-BOTAS: Medo... o tempo todo. As mãos dos nego tão tudo trêmula, igual vara verde. O veneno vem pelo olho dos capitão, eles abre o olho bem grande a ponto de jorrar medo nos olho dos nego. Aí fica tudo enfeitiçado pelo medo, pela raiva, pela tristeza.

SALGADA: A tristeza derruba! Se a gente voltar pro campo, vai ficar mais difícil de fugir depois!

GASTA-BOTAS: Não vamos voltar!

SALGADA: E se os capitão pegar a gente?

GASTA-BOTAS: Não vão pegar!

SALGADA: Então vamos embora! Vamos atravessar esse mato, Gasta-Botas. O que estamos esperando?

GASTA-BOTAS: Esperando a madrugada.

SALGADA: É mesmo... a madrugada! Bendita madrugada!

13. VÓS

ATRIZ: A avó Cleusa dizia que na morte ela fazia questão de ter um caixão só para ela, bonito, almofadado, refrescante, sem ter que dividir com ninguém. Ela pagou 14 mil pela quitinete, parcelou em mais de setenta meses, 5 anos de um crediário que ela continua pagando no céu. Compramos flores para fazer seu jardim. Ela me dizia: Quando Jesus voltar, você acha que eu vou esperar ele onde, menina?

As minhas avós costuravam a minha cabeça de tranças pra que na escola ninguém risse do meu cabelo crespo. Elas iam nas festas de pais da escola pra que eu não chorasse ao ver os pais de quase todo mundo menos o meu. Catavam resto de feira pra que eu não chegasse aos 10 anos sem saber o fresco sabor de um tomate ruivo ou de uma manga amassada, uma banana amarela. Você sabe quebrar coco no chão? Sabe fazer tapioca sem grudar? A minha avó sabe. Mas isso não é nada de mais comparado aos 35 minutos de sol e ladeira, viela não planejada, em que ela equilibrava uma sacola de frutas na cabeça até em casa, isso porque ela fazia três viagens. Ela aprendeu a ler com 50 anos e sabia agradar qualquer passarinho. A Marieta veio de Alagoas, a Cleusa veio de Paraguaçu Paulista. O meu cabelo, meu nariz e minha boca são da Cleusa. Tudo que contém nos meus olhos e que me faz enxergar são da Marieta. Minha pele diz respeito às duas.

A Marieta é macumbeira, médium, recebe na mesa branca, faz ebó do bom, reza muito, entende de todas as ervas. Seu pai – meu bisa – foi Babalorixá e curou muita gente no Alagoas. Trabalhadora doméstica, trabalha até hoje em casa de família. Me conta cada história! "Oh Pscila", vó Marieta me chama de Psila, Sabiá, Nó cego, Muleca, Peste, "você acredita que a Soninha tem coragem de me dá pão duro da semana passada, café requentado do dia de ontem, sendo que tem tudo fresquinho? Ela me faz limpar a mansão dela toda, de cima a cima, e não me paga no dia! Ela não me dá almoço, mas quando eu levo marmita, ela quer comer meu arroz, a minha farinha, o meu legume, o meu bife." A minha avó tem mais de 60 anos e trabalha como empregada doméstica desde que chegou de Alagoas, ela nunca teve carteira de trabalho, porque nunca ninguém quis assinar. Uma de suas maiores tristezas é não poder se aposentar. A Soninha é esposa de um advogado famoso que trabalha em Brasília na Câmara dos Deputados.

A Maria Cleusa – ela prefere só Cleusa, porque Maria é nome de santa e ela acha que a mãe dela exagerou – vem de Paraguaçu Paulista. Cleusa era evangélica fervorosa. Seu sonho sempre foi ser professora e viajar para os Estados Unidos, ela queria ver a neve desde os 19 anos. "Vó, por que que a senhora não foi para os Estados Unidos ver a neve e ser professora de inglês, como a senhora sempre quis?" "Piu", ela me chamava de Piu, "eu não fui porque a minha mãe falou que eu iria morrer de bronquite, e como eu tinha perdido um irmão de 2 aninhos assim, eu não quis arriscar. Depois eu perdi a minha mãe com 10 anos, ela morreu de câncer. Quando ela morreu, Piu, meu pai casou com outra mulher, que batia na gente, então quis sair logo de casa e encontrar meu rumo. Quando eu saí de casa, arrumei um emprego e ganhei meu salário, a primeira coisa que eu fiz foi comprar calcinha, porque a calcinha que a gente usava eu mesma fazia com saco de batata. Eu quase fui para os Estados Unidos, mas aí eu conheci seu avô. Mas antes eu conheci outro rapaz, e ía ficar com ele, tinha vindo da Amazônia só pra me ver. Mas seu avô me pediu em casamento primeiro. Engravidei e comprei terreno. Trabalhei para construir uma casa, você sabe que eu nunca tive ajuda do seu avô pra nada. Um dia eu quase fugi dele, peguei seu pai e seu tio e fui para a rodoviária. Mas aí Deus falou comigo e eu voltei."

Minha avó diz que ele ficou alcoólatra porque viu o pai morrer de cachaça no meio da rua na Bahia. Minha avó terminou de construir a casa 20 anos depois, e então eu e meus primos chegamos. A casa ficou pequena, a gente dormia no chão. E lá foi ela trabalhar para construir mais casa. Ela fazia tudo, a planta da casa, planejava as colunas de sustentação melhor do que os pedreiros, instalava chuveiro, ia na Dicico comprar material. Sempre me dizia que o preço do tijolo era caro e que quando o Lula entrou o preço baixou. A avó Cleusa não virou professora de inglês, não conheceu a neve e, muito menos, os Estados Unidos. Ela construiu três casas praticamente com as próprias mãos. Sobre meu avô: alcoólatra, violento, abusivo, bateu nela até o seu último dia de vida. Hoje sonhei com a minha avó, me vestindo de passarinho para entrar em seu reino. Queria me mostrar sua casa no céu. Ela me disse: "Piu, entenda o sonho como aquilo em que você deve crer."

14. A CARNE MAIS BARATA DO MERCADO

SALGADA: Eu estava só andando, atravessando o mato. Eu estava só andando. Fazendo o mesmo trajeto que os nego me ensinaram. Indo pro mesmo lugar que os nego foram da outra vez. Eu estava só andando. Eu não falo com eles quando eu estou andando, eu não vejo eles, eu baixo a minha cabeça e sigo o meu caminho. Eu cheguei na Casa da Ressaca, esperei o tempo que tinha de esperar. Fui andando pelo Jabaquara, quando de repente eu senti que poderia ser um caminho perigoso, mas eu segui. Eu segui porque eu não tinha opção, eu precisava chegar do outro lado. Lá longe, eu avistei dois homens. Será que são os capatazes? Eu abaixo, me escondo no meio do mato cheio, com esperança de eles não me encontrarem. Eu não falei com eles, eu não olhei pra eles, eu baixei a cabeça. "Eu sinto o cheiro dela, tá sentindo cheiro de preta? Ô preta, se eu te pegar, eu te quebro toda!" Eu estava andando, norte, sul, leste, oeste. Eu estava só andando. Eu não falo com eles quando eu estou andando, eu não olho para eles, eu baixo a cabeça e sigo o meu caminho. Eu ando mais rápido do que as minhas pernas aguentam porque tá de noite. Agora, tem dois deles atrás de mim e eu preciso correr. A terra tá girando no sentido contrário, eu tropeço e perco o equilíbrio. O campo gravitacional já não sustenta mais tanta [o]pressão. Mas eles falam comigo, eles gritam comigo, assobiam, me chamam do que querem, insistem em invadir um espaço que é só meu. Esse corpo é meu, isso aqui é meu. Corre, não pensa em nada, só corre! Corre! Não pensa! Corre! Eu preciso saber se é isso o problema de tudo. Esse é o meu problema? Essa boceta é um jardim de ervas daninhas, que crescem até dar frutos, coisas da natureza sórdida e grosseira. Eles me comem diariamente, querem meter o mundo dentro de mim. Quem dera se essa minha carne salgada derretesse seus olhos, aniquilasse toda hipótese de poder que lhes foi atribuído. Colocaria eles em máquinas de limpeza a vapor e tiraria todo compasso estranho de seus corpos, reinventaria seus cérebros e com alívio diria que nós, unidas, acabaríamos com a dor no coração e com os milhares de choques aos quais a nossa carne está submetida. A gente precisa ir, está tarde, está escuro, é perigoso aqui. Eu preciso chegar no mar.

15. MATO CHEIO

Gasta-Botas, Ninguém e Salgada na Casa da Ressaca.

GASTA-BOTAS: Eu estou andando há dias e nem sou pneu!

SALGADA/NINGUÉM: Quanto tempo será que falta ainda?

NINGUÉM: Essa casa aqui tem história!

SALGADA: Por aqui já passou muita gente fugida.

GASTA-BOTAS: Eu estou andando há dias e nem sou pneu.

SALGADA: Olha aí, tanta terra pra pouco passo.

NINGUÉM: Tanta parede pra sonho pouco.

SALGADA/GASTA-BOTAS: Mas o que é que passa na cabeça dessa gente?

GASTA-BOTAS: Será que Deus me dá pés novos pra andar?

NINGUÉM: Eu estou andando há dias e nem sou pneu!

SALGADA: Tem alguém aí?

NINGUÉM: Mil setecentos e...

GASTA-BOTAS: Essa casa tem história!

NINGUÉM: Dezenove!

SALGADA: Eu só quero chegar lá.

GASTA-BOTAS: Eu já andei tanto que estou quase virando parte da terra.

NINGUÉM: Mas eu não quero mais fugir. Eu só fujo, fujo, fujo! Sou quase um...

SALGADA: Búfalo! É isso que me resta ser, um búfalo!

GASTA-BOTAS/NINGUÉM: De que adianta fugir e não saber por onde andar?

GASTA-BOTAS: Será que Deus me dá pés novos?

NINGUÉM/SALGADA: Tem alguém aí?

SALGADA: Essa casa carrega tempo!

GASTA-BOTAS: Serve de passagem, só de passagem!

NINGUÉM: Sou quase um...

SALGADA: Búfalo! É isso que me resta ser, um búfalo!

GASTA-BOTAS: Eu me perco em mim mesmo todos os dias.

SALGADA/NINGUÉM: Serve de passagem, só de passagem.

NINGUÉM: Coragem de Iansã pra aguentar essa labuta!

SALGADA/GASTA-BOTAS: Búfalo!

NINGUÉM: Lá embaixo tem gente da minha gente.

SALGADA: Minha vida é tão salgada, e nem sou a mulher de Ló.

NINGUÉM: Tem casa de gente como a gente.

SALGADA: Sal assim cor de... açúcar!

GASTA-BOTAS: Será que Deus me dá sonhos novos pra sonhar?

NINGUÉM: Tem um F bem grande na minha barriga.

GASTA-BOTAS: É tanto chão pra pouco pé.

GASTA-BOTAS/SALGADA: É tanta fuga pra tempo pouco.

TODXS: Búfalo!

NINGUÉM: É um F maiúsculo... Tem um F na minha barriga!

SALGADA: Essa casa é de passagem, só de passagem.

GASTA-BOTAS: Tem alguém aí?

SALGADA: Eu preciso continuar andando, antes que mais gente chegue aqui.

GASTA-BOTAS: Xiii! Agora não dá, só de madrugada.

NINGUÉM: Um F assim, ó...

GASTA-BOTAS: Eu preciso continuar andando.

SALGADA: Eu estou andando há dias e nem sou pneu!

NINGUÉM: Andar sem olhar pra trás!

GASTA-BOTAS: Eu admiro a mulher de Ló.

SALGADA: Será que Deus...

TODXS: Búfalo!

SALGADA: Será que Deus me dá costas novas?

NINGUÉM: Tem um F na minha barriga!

GASTA-BOTAS: Me tiraram do meu lugar!

NINGUÉM/SALGADA: Eu me perco em mim mesma todos os dias.

SALGADA: Eu só fujo, fujo, fujo!

TODXS: Búfalo! É isso que me resta ser, um búfalo!

GASTA-BOTAS: Preciso continuar andando.

SALGADA: Esta casa é de passagem, só de passagem.

NINGUÉM: Por aqui passa e já passou muita gente fugida.

SALGADA: Esse sal na ponta dos olhos pesa demais!

NINGUÉM: Um F maiúsculo.

GASTA-BOTAS: Andar sem olhar pra trás.

NINGUÉM: Um F de FUGITIVO!

Pausa.

GASTA-BOTAS: Eu preciso continuar andando.

SALGADA: Me tiraram do meu lugar.

GASTA-BOTAS: Xiii! Agora não dá, só de madrugada.

NINGUÉM: Lá tem gente da minha gente.

TODXS: Búfalo!

NINGUÉM: Tem um N bem grande no meu peito.

SALGADA: Eu preciso continuar andando.

GASTA-BOTAS: Tem alguém aí?

NINGUÉM: É um N maiúsculo... Tem um N maiúsculo no meu peito!

SALGADA/GASTA-BOTAS: Tem casa de gente como a gente!

SALGADA: Eu quero morar na espuma do mar.

NINGUÉM: Andar sem olhar pra trás.

SALGADA: Xiii! Agora não dá, só de madrugada.

GASTA-BOTAS: Eu quero parir a minha liberdade.

NINGUÉM: Dar de mamar à alegria.

SALGADA: Ver meus sonhos crescerem sob os meus lábios.

SALGADA/GASTA-BOTAS: Será que Deus me dá uma mãe nova?

NINGUÉM: Tem um N maiúsculo no meu peito!

GASTA-BOTAS: Eu preciso continuar andando.

NINGUÉM: Um N assim, ó... [*faz gesto do N no peito*]

GASTA-BOTAS: Eu estou andando há dias e nem sou pneu!

SALGADA: Serve de passagem, só de passagem.

SALGADA/NINGUÉM: Parir a liberdade.

GASTA-BOTAS: Xiii! Agora não dá, só de madrugada.

NINGUÉM: Um N de Nascimento!

16. EU SOU O NAVIO NEGREIRO

PICITA: [*gargalhando*] Vai nascer! Vai nascer!
Vai nascer a Liberdade dos injustiçados
Vai nascer! Viva!
Eu sabia

Eu sei
Eu sei de tudo
Eu vi Deus
Eu conheço Deus
Eu conheço cada pedacinho desse mundo
Eu juro pelo amor que eu tenho às estrelas
Vai nascer
Vai chegar lá embaixo
feito peixe agitado querendo água
O fogo me contou!
Eu vi, eu vi
Eu sou o navio negreiro!
Eu sou o navio negreiro!
Eu trouxe cada um deles pra cá
Cada braço, cada cabeça, cada coração
cada choro, cada olhar!
Eu trouxe!
Mas o que eu podia fazer?
Eles me obrigaram
Me martelaram
Me subiram nas caravelas e gritaram: "siga!"
E eu vim
Cantando feito pássaro, mas sem voo
Num mar de gente sem terra e sem endereço
Num mar de gente de sombra incolor
Num mar de gente que coleciona em si
a perseguição
Eu trouxe todo mundo
Eu sou o navio negreiro!

Eu sou a beira do mundo
Agora está tudo voltando, correndo com patas ligeiras
Sabe tartaruga quando nasce e corre pro mar?
Tartarugas!
Tartarugas com pressa grande!
Foi difícil atravessar o mato cheio
Os capitão de olho-veneno
Os cachorro com focinho agitado
O caminho foi feito pra confundir
Tiraram a coragem, as mãos, os pés
A nossa grandeza não é pra esse mundo
Fomos condenados ao menor amor
E como seguir?

Pausa.

Corre! Corre!
Atravessa esse mato logo de uma vez
Vai buscar sua história de volta
Coloque suas avós pra ninar na espuma do mar
feito Iemanjá velha
Corre! Corre!
Atravessa esse mato logo de uma vez
Vai desaguar essa gente no mar
pra ver se vira peixe, se vira sereia
se vira onda, se vira céu
Corre! Corre!
Atravessa esse mato logo de uma vez

Vai endireitar seus passos
que a vida só serve pra bifurcar os caminhos
Tem gente sua lá
Tem gente sua lá
Eu sei, o Fogo me contou!
O Fogo me conta tudo
Eu sou o navio negreiro!
Eu sou a dona da terra
Corre! Corre!

EPÍLOGO

FOGO: O referido é verdade e dou fé
O juramento de uma existência
escrito numa folha de papel
O referido é verdade e dou fé
A fé de quem cruza a cidade pra se apaixonar
É verdade
Eu juro que é verdade
Picita me contou!
Parece até história antiga
dessas que se conta com o ouvido acostumado
Mas está perto, está fresco
É quente! Quente! Quente!
Sabe quente assim cor de fogo?
Dou fé em palavras fogo
O referido é verdade e dou fé
A justiça nada mais do que palavras terra

e a fé se perde no meio de tudo isso
A gente se esquece do começo
Essa justiça soterrada dá o direito
para que nos tirem dos nossos lugares
O referido sem querer apaga sua história
feito um cachorro com as patas ligeiras para trás
Sabe história apagada?
Sem pista nem cheiro
A-PA-GA-DA!
O referido é verdade e dou fé
Eu queria saber a cor da história
Saber a cor da história
Tentar descobrir de onde vem esse começo
Procurar perguntas para respostas falsas
A gente anda tanto...
Mas os pneus andam mais!
Parece justiça que emprega palavras
Palavras que carregam panos pelos dentes
e martelam na cabeça
Palavras de sonhos ainda fetos
Palavras recentes de fábrica
sem rubricas e parênteses
O referido é verdade e dou fé
Por que os nossos pés precisam andar tanto?
Por que sair de nossas terras?
Eu por acaso tenho cara de bicho?
Tenho cara de bicho?
Eu tenho o corpo
o rosto, a cor de bicho?
Tenho?

Tenho voz de bicho?
Comportamento, cheiro de bicho?
Eu tenho cara de bicho?

Pausa.

Eu sou raio!
Sou Xangô!
E a justiça gruda em meu corpo feito carrapato
Sabe carrapato assim de cor de cachorro
O referido é verdade e dou fé.

Sobre aqueles búfalos em uma fuga degenerada

Mato cheio foi minha primeira experiência como diretora de teatro. Foi um processo transformador. Entendi direção como um ato de aprendizagem, um exercício de generosidade, escuta, distanciamento, confronto e suporte. Nesse trajeto de criação, éramos nós: eu e Carcaça de Poéticas Negras, este que é um encontro de artistas, jovens, pretos, periféricos, que juntos desejam, estudam, criam e articulam. Iniciamos a pesquisa de criação da peça em 2017. Lá, ela ainda não tinha nome, tinha CEP. Nosso ponto de partida foi a região do Jabaquara e Cidade Ademar, bairros da zona sul de São Paulo, que, no decorrer do processo de urbanização, sofreram o apagamento cultural e histórico. A Casa do Sítio da Ressaca, situada no Centro de Culturas Negras do Jabaquara, era um quilombo de passagem, utilizado como esconderijo por negros escravizados que fugiam em busca da liberdade pelas linhas férreas até os quilombos localizados na cidade de Santos. Essas regiões também eram os bairros de alguns dos integrantes do coletivo, e foi a partir dos relatos de moradores e alguns familiares – todos migrantes –, que vivem há muitos anos na região e assistiram a grandes transformações desses espaços e ajudaram a construir suas identidades, que iniciamos nosso processo de pesquisa. A intersecção do rastro daqueles que foram escravizados e esquecidos, o fluxo dos processos migratórios e o corpo negro em deslocamento foram eixos de estudo para o recorte de criação cênica e dramatúrgica.

Picita é nossa protagonista. Uma mulher incrível, preta, idosa, acumuladora, moradora de Cidade Ademar, que vive sozinha e conta suas histórias a quem quiser ouvi-las. Poucos a enxergam! Quando conhecemos Picita, ela nos revelou que falava com o fogo e a partir dele tinha visões e profecias para o futuro da humanidade. *Mato cheio* conta a trajetória da fuga de um viajante, personificado em três versões de si mesmo: Gasta-Botas, aquele que atravessa a cidade para se apaixonar; Salgada, uma mulher feita de sal; e Ninguém de Oliveira Neta, que deseja um lugar para morar mais que um nome para ser identificado. As revelações que Picita profetiza em conversas com a personagem Fogo inspiram o viajante a buscar o que ele desconhece: o seu lugar de origem, um lugar para além do mar. Picita, a Dirce de Cidade Ademar, imagina um futuro muito diferente do seu passado, marcado por abandono, sofrimento, solidão e racismo. Picita encontrou sua liberdade quando decidiu continuar imaginando. Entre a fantasia e a realidade, o desejo de seguir sobrevivendo a mantém viva. Contar sobre ela é uma forma de preservar sua história e a de tantas outras Picitas.

A dramaturgia sensível e cortante de Jhonny Salaberg em *Mato cheio* propõe o exercício da imaginação como ferramenta de possibilidades e rearranjos. O corpo negro como função e testemunha vulnerável da opressão diária; corpo-carcaça que tudo atravessa, sem consentimento. Corpo esse que, historicamente, aprendeu a naturalizar a barbárie, tragar o caos, viver em um moto-contínuo vertiginoso. Imaginar outras possibilidades de existência, tornar-se sujeito da própria história, investigar o ritmo de outros caminhos é uma forma de persistir imaginando. Sigamos!

Ivy Souza[*]

---

[*] Ivy Souza é atriz, produtora e diretora formada pela Escola de Arte Dramática (EAD/ECA/USP). Integra o elenco do espetáculo *Isto é negro?*, um dispositivo sobre a destituição da fala e temporalidades que incorporam e desincorporam o corpo negro.

© Editora de Livros Cobogó, 2019

Editora-chefe
Isabel Diegues

Editoras
Fernanda Paraguassu
Valeska de Aguirre

Gerente de produção
Melina Bial

Revisão final
Eduardo Carneiro

Projeto gráfico e diagramação
Mari Taboada

Capa
Murilo Thaveira

CIP-BRASIL. CATALOGAÇÃO-NA-FONTE
SINDICATO NACIONAL DOS EDITORES DE LIVROS, RJ

N299m   Negras, Carcaça de Poéticas
          Mato cheio / Carcaça de Poéticas Negras.- 1. ed.- Rio de
          Janeiro: Cobogó, 2019.
                                    80 p. ; 19 cm. (Dramaturgia)

          ISBN 978-85-5591-074-6

          1. Teatro brasileiro. I. Título. II. Série.

19-55069   CDD: 869.2
                                                           CDU: 82-2(81)

Meri Gleice Rodrigues de Souza- Bibliotecária CRB-7/6439

Nesta edição, foi respeitado o Acordo Ortográfico da Língua Portuguesa
de 1990, que entrou em vigor no Brasil em 2009.

Todos os direitos em língua portuguesa reservados à
Editora de Livros Cobogó Ltda.
Rua Jardim Botânico, 635/406
Rio de Janeiro — RJ — 22470-050
www.cobogo.com.br

Outros títulos desta coleção:

COLEÇÃO DRAMATURGIA

ALGUÉM ACABA DE MORRER LÁ FORA, de Jô Bilac

NINGUÉM FALOU QUE SERIA FÁCIL, de Felipe Rocha

TRABALHOS DE AMORES QUASE PERDIDOS, de Pedro Brício

NEM UM DIA SE PASSA SEM NOTÍCIAS SUAS, de Daniela Pereira de Carvalho

OS ESTONIANOS, de Julia Spadaccini

PONTO DE FUGA, de Rodrigo Nogueira

POR ELISE, de Grace Passô

MARCHA PARA ZENTURO, de Grace Passô

AMORES SURDOS, de Grace Passô

CONGRESSO INTERNACIONAL DO MEDO, de Grace Passô

IN ON IT | A PRIMEIRA VISTA, de Daniel MacIvor

INCÊNDIOS, de Wajdi Mouawad

CINE MONSTRO, de Daniel MacIvor

CONSELHO DE CLASSE, de Jô Bilac

CARA DE CAVALO, de Pedro Kosovski

GARRAS CURVAS E UM CANTO SEDUTOR, de Daniele Avila Small

OS MAMUTES, de Jô Bilac

INFÂNCIA, TIROS E PLUMAS, de Jô Bilac

NEM MESMO TODO O OCEANO, adaptação de Inez Viana do romance de Alcione Araújo

NÔMADES, de Marcio Abreu e Patrick Pessoa

CARANGUEJO OVERDRIVE, de Pedro Kosovski

BR-TRANS, de Silvero Pereira

KRUM, de Hanoch Levin

MARÉ/PROJETO bRASIL, de Marcio Abreu

AS PALAVRAS E AS COISAS, de Pedro Brício

MATA TEU PAI, de Grace Passô

ÃRRÃ, de Vinicius Calderoni

JANIS, de Diogo Liberano

NÃO NEM NADA, de Vinicius Calderoni

CHORUME, de Vinicius Calderoni

GUANABARA CANIBAL, de Pedro Kosovski

TOM NA FAZENDA, de Michel Marc Bouchard

OS ARQUEÓLOGOS, de Vinicius Calderoni

ESCUTA!, de Francisco Ohana

ROSE, de Cecilia Ripoll

O ENIGMA DO BOM DIA, de Olga Almeida

A ÚLTIMA PEÇA, de Inez Viana

BURAQUINHOS OU O VENTO É INIMIGO DO PICUMÃ, de Jhonny Salaberg

PASSARINHO, de Ana Kutner

INSETOS, de Jô Bilac

A TROPA, de Gustavo Pinheiro

A GARAGEM, de Felipe Haiut

SILÊNCIO.DOC, de Marcelo Varzea

PRETO, de Grace Passô, Marcio Abreu e Nadja Naira

MARTA, ROSA E JOÃO, de Malu Galli

A PAZ PERPÉTUA, de Juan Mayorga
Tradução Aderbal Freire-Filho

APRÈS MOI, LE DÉLUGE (DEPOIS DE MIM, O DILÚVIO),
de Lluïsa Cunillé
Tradução Marcio Meirelles

ATRA BÍLIS, de Laila Ripoll
Tradução Hugo Rodas

CACHORRO MORTO NA LAVANDERIA: OS FORTES, de Angélica Liddell
Tradução Beatriz Sayad

DENTRO DA TERRA, de José Manuel Mora
Tradução Roberto Alvim

MÜNCHAUSEN, de Lucía Vilanova
Tradução Pedro Brício

NN12, de Gracia Morales
Tradução Gilberto Gawronski

O PRINCÍPIO DE ARQUIMEDES, de Josep Maria Miró i Coromina
Tradução Luís Artur Nunes

OS CORPOS PERDIDOS, de José Manuel Mora
Tradução Cibele Forjaz

CLIFF (PRECIPÍCIO), de Alberto Conejero López
Tradução Fernando Yamamoto

2019

―――――――――

1ª impressão

Este livro foi composto em Univers.
Impresso pelo Grupo SmartPrinter
sobre papel Bold LD 70g/m².